H.W.P. Ellis

Chronologie der Geschiedenis van Suriname

Anatiposi

H.W.P. Ellis

Chronologie der Geschiedenis van Suriname

Unveränderter Nachdruck der Originalausgabe von 1853.

1. Auflage 2023 | ISBN: 978-3-38205-190-7

Anatiposi Verlag ist ein Imprint der Outlook Verlagsgesellschaft mbH.

Verlag: Outlook Verlag GmbH, Zeilweg 44, 60439 Frankfurt, Deutschland
Vertretungsberechtigt: E. Roepke, Zeilweg 44, 60439 Frankfurt, Deutschland
Druck: Books on Demand GmbH, In de Tarpen 42, 22848 Norderstedt, Deutschland

CHRONOLOGIE

DER GESCHIEDENIS VAN

SURINAME,

VOORAFGEGAAN DOOR

DE AARDRIJKSKUNDIGE LIGGING, GRENZEN EN NAAMOORSPRONG DIER KOLONIE,

DOOR

H. W. R. ELLIS.

Paramaribo,

J. MORPURGO,

1853.

NAAMLIJST

DER

HH. INTEEKENAREN.

———————

Z. E. de Hoog Edel Gestrenge Heer

Jhr. J. G. O. S. von SCHMIDT auf ALTENSTADT,

RIDDER DER MIL. WILLEMS ORDE EN NEDERL. LEEUW;

Gouverneur van Suriname.

Twee Exemplaren.

Mr. J. Æ. LISMAN,

RIDDER DER ORDE VAN DEN NEDERL. LEEUW;

Procureur-Generaal.

A. A. T. de MAN;

Administrateur van Financien.

Mr. A. KIKKERT SCHOTBORGH,

RIDDER DER ORDE VAN DEN NEDERL. LEEUW;

Gouvernements - Secretaris.

Abendanon Sz. (S.) 2 *Exp.*
Abrahams (J.
Alvares (E. F.
Amson (N. A. van
Arland (M. N.
Arcias (J. R.) *Med. Dr.*
Baars (N. J. C.
Ballin (J. M.) 2.
Barends (C.)* N. L. *Lid van den Kol. Raad.*
Bartoccini (V.) 10.
Batenburg (L. C.) 2.
Batenburg (W. F. H.
Bechtold (A. H.
Bender (N. M.
Bergh (F. van den
Bergen. (J. A. van) 2
Berner (C. R.
Benschop (J.
Betting (J. H.) *Predikant bij de Herr. Gem.*
Blancke (H. J.
Bloemendaal (J. N.) 2
Boom (A. G. de
Böhm (R. F.
Bosch Reitz (Mr. G. J. A.) *Lid van den Kol. Raad.*
Bougenon (J. V.
Brink (E. G.
Bromet (S. M.
Castilho (S. del
Christie (A.
Coronel (D.
Coronel Jr. (J.
Costa (A. J. da
Cramer Az. (W. L.
Curiel (M. M.
Day (F. D.
Degenhard (H.
Doorvoort (F. N.
Ellis (J.
Emanuels (E. P.

Emanuels (G. P.
Emanuels (J.
Emden (Egbert van) 2.
Emden (Mr. E. A. van) *gequalificeerd Lid van het Geregtshof* en *Auditeur Militiar.*
Engelbrecht (J. W.
Eijck (J. P. W. van
Ezechiels (J.
Faerber (P.
Faverej Jr. (J. F.
Faverej (C. M. A.
Faverej (M. C.
Focke (Mr. H. C.) *President bij het Collegie van Kl. Zaken.*
Fonseca (J. G.
Fränkel (B. F. A.
Frederik (A. B.
Friderici (Mr. J. H. de) *Fung. President bij het Geregtshof.*
Froxin (J.
Flu (J. H.
Gardé (F. W.
Geffen (Mr. J. M. A. Martini van) *waarn. Griffier van het Geregtsh.*
Gelder (J. van
Goede (M. L.
Goedman (M J.
Gogh (E. H. J. van
Gollenstede (R. J.
Gomperts (J. C.
Goudman (H.
Granada (S. H. de
Greeber (P. N.
Haase Jr. (J. P.
Harten (Ferd.
Hartman (J. C.
Heilbron (Mr. C.

Heilbron (L. G.
Heilbron (J.
Hewitt (A.) 2
Huidekoper M. D.
Jessurun (S.
Jongh (C. de
Juda (J. D.
Kaersenhout (C.
Kaersenhout (L. J.
Kaersenhout W. P.
Kamerling (P. F.
Kampff (J. E.
Kennedij (A.
Kessel (G. F.
Kip (W. F. van E. Taalman
Knauf (C. W.) 2.
Kölle (E.
Köningslöw (J. von
Kramer (H. H.
Kruijtboff (Mr. A. T.) *Assessor bij het Coll. van Kleine Zaken.*
Kuster (F. C.
Labad (W. J. G.
Landré (Chs.) *Med. Docter.*
Ledel (G. G. F.
Levij (M. J.
Levie (S. J.
Lionarons (Chs.
Lionarons (A.) 2.
Loth (A. H.
Louzada (H. M.
Lugard Jr. (G. J.
Lyon (Mr. Barnet
Lyon (J.
Lyons (A.
Mac Intosh (A.
Mattes (M. R.
May (J. A.
May (J. F.
Meerten (N. van

Meinertzhagen (Mr. G. de) *Lid van het Geregtshof.*
Mens (D.
Mesquita (S. B. de
Morpurgo (E. M.
Muller Jz. (J. A.) *Med. Dr.*
Muller (J. A.
Muller (J. H.
Muller (G. M.
Nassij (S. G.
Nassij Jr. (J. C.
Nassij (Jb.
Noack (C. Th.) *Lid der Commissie van de Duitsche Kolonisatie.*
Pichot (F. L.) *Lid van den Kolonialen Raad.*
Planteau (P. R.) *idem.*
Pinedo (A. D.
Podekowitz (J. J.
Polak (J. M.
Pringle (Geo.
Raatgever (H. J.
Reelfs (Chs.
Rens (Chs.
Rens (J.
Rietetup (W. J.
Rietwijk (H. R.
Ringeling (W. N.
Robles (M.
Robles Mz. (J.
Rose (F. W.
Roux (J. F.) *Lid van den Kol. Raad.*
Roux (H. G.
Salomons (J.
Samson (S. M.
Samson (B. M.
Samson (J. M.
Sanches (D. J.
Schaap (L.

Schaick [C. van] *N. L. Predikant bij de Herv. Gemeente.*
Schenkel [H.
Sevenoaks [L. G.
Silva [J. da
Soesman [J. E.
Soesman [E.
Spillenaar [C. S.] 2.
Thomson [R.
Umgewand [A.
Vanier [J. W. F. Saile
Vanier [J. F. Saile
Vanier [A.
Veer [A. J. de
Visser [J. C.
Voet [J.
Voigt [J. A.

Vries [S. J. de
Wesenhagen [Mr. J. C. Palthe] *Lid van het Geregtshof.*
Wesenhagen [H. F.
Wesenhagen [J. E.
Wesenhagen [G. F.
Wessels [J. J. P.
Weijl [B.] *St. Heelm.*
Wildeboer [A.] *N. L. Kal, Ontvang. en Betaalm.*
Winkels (W. E. H,
Wolff [J. J.
Weijchgel [A. S.] 2.
Wijgers [J. B.
Wijhe (E. J. van) *Grif. bij het Coll. van kleine Zaken.*

Voorberigt.

Ofschoon er veel over de Geschiedenis
van Suriname geschreven is, maakt toch het
hooge bedrag dier werken, het eene onmogelijk-
heid dat ieder dezelve zoude kunnen aanschaffen. —
Daarom heb ik besloten tot de uitgave van eene
Chronologie der Geschiedenis van Suriname,
tevens dezelve hoogst beknopt makende, opdat dit
werk voor den minvermogende ook verkrijgbaar
moge zijn.

Daar is geen schrijver zonder fouten, zoodat
het mij geenzins verwonderen zal, wanneer er in
mijn werk hier of daar iets valt af te wijzen,
ja, het zoude mij zelfs bevreemden, als men er
geene onnaauwkeurigheden aantrof.

Ik kan, ik mag deze gelegenheid niet laten
voorbijgaan, zonder mijnen hartelijken dank te
betuigen aan de Bestuurders van deze Kolonie, die mij boven verwachting, en zonder dralen
met hunne inteekening vereerd hebben.

Dat dit werk tot nut moge verstrekken, is de
wensch van

DEN SCHRIJVER.

AARDRIJKSKUNDIGE LIGGING, GRENZEN EN NAAMOORSPRONG VAN DE KOLONIE SURINAME.

—————

Suriname grenst ten Noorden aan den Atlanti-
schen Oceaan, ten Oosten aan de rivier Marowijne
(door de Franschen Maronie genoemd), welke rivier
haar van Caijenne afscheidt, ten Zuiden verliest zij
zich in ontoegankelijke bosschen en wildernissen, terwijl zij ten Westen door de Courantijn rivier, die
haar van Britsch Guiana of de Berbice scheidt,
bepaald wordt; welke beide grensrivieren 55 à 57
uren van elkander verwijderd zijn. — Deze in het
noordelijk gedeelte van Zuid-Amerika gelegene
volkplanting bepaalt zich tusschen 4° 50' en 5° 50'
N. B., 53° 50' en 57° 10' W. L. van Greenwich.

De kolonie ontving haren naam van de hoofdrivier
Suriname, en volgens schrijven van eenige geleerde
Israëlitische mannen, zoude deze rivier dien naam
g kregen hebben van de uit Surina (een land aan de
Amazonen rivier) gewekene Surinen.

—————

CHRONOLOGIE.

————— ►►►►≫►❱█❰◄◄◄◄ —————

1500. *Suriname* door zekeren kapitein VINCENT JUAN
PINÇON aangedaan.

1604. Den 22 Mei kwam de Engelsche kapitein
CHARLES LEIGH met het schip *Eléphant* in
de rivier *Mapokko* ten anker, ten einde bij
den berg *Oliphe* eene volkplanting te stichten,
van welke echter niets kwam.

1606. Vertrek der Engelschen, achterlatende eenige
hunner manschappen.

1630. Aankomst van den Engelschen kapitein MA-
RECHAL en een *zestig* tal Engelschen, zich
nederzettende aan de *Para* kreek.

1640. De Franschen ondernemen alhier eene volkplanting te stichten, doch de aanvallen der inboorlingen, en tegenkanting der Engelschen,
deden hun van deze onderneming afzien.

1644. Eenige Israëliten beginnen zich alhier te ves-
tigen, komende gedeeltelijk uit *Brazilie* en
gedeeltelijk uit *Nederland* herwaarts over.

1650. Aankomst van FRANCIS WILLOUGBY VAN PAR-
HAM met eenige Engelschen alhier, wordend-
dezelve zeer wel door de Indianen ontvangen,
en het was met derzelver toestemming, dat zij
alhier eene volkplanting stichtten, waarmede
in 1652 een aanvang gemaakt wierd; zoodat
men Lord PARHAM als den grondlegger van
Paramaribo en de kolonie *Suriname* beschou-
wen kan.

1654. De Franschen onder aanvoering van de Heeren
BRAGLIONE en DU PLESSIS, trachten zich op
nieuw te etablisseren, aangezien zij door de
Inboorlingen van *Cayenne*, verdreven waren :
dan, de rivier opvarende, werden zij door de Engelschen onder den Majoor RUFF zich wel
versterkt hebbende, afgewezen.

1662. KAREL II Koning van *Groot-Brittanje*, vaar-
digt een octrooi uit, waarbij hoogstdezelve de
Kolonie *Suriname* in vollen eigendom aan Lord
PARHAM schenkt.

1664. De Nederlanders en Israëliten uit *Cayenne*
door de Franschen weggejaagd, zetten zich
nu onder Lord PARHAM aan de boven *Comme-
wewijne* (toen *Commonique* genoemd.)

1666. Koning KAREL II besluit de Nederlanders van
hier te verdrijven. De Gouverneur BIJAM,
sedert 1662 gemagtigde van PARHAM, belast
de Majoer RUFF zulks te doen.

1667. De dappere Zeeuwen zonden tot hulp van de
Nederlanders, *drie* schepen onder bevel van
ABRAHAM KRIJNSZOON, die de Britten noodzaak-
ten in stede van de onzen te verjagen ; zich
in het kasteel op de rivier op te sluiten, alwaar de Nederlanders hen zoo dapper bespron-
gen dat het vredes-verdrag van den 5n. Maart
het gevolg van was. KRIJNSZOON noemde het
bemagtigde fort *Zeelandia* en bezette het met
150 man, onder zekeren VAN ROMEN.
Vredes-tractaat van *Breda*, den 31 Julij gesloten, waarbij het fort bij het 3e. artikel in vollen
eigendom aan den Nederlandschen Staat werd
afgestaan. Den 18 October van datzelfde jaar
werd de kolonie op nieuw aangevallen door

zekeren kapitein JOHN HERMANS , komende na
Cayenne veroverd te hebben , voor het fort
Zeelandia. Deze HERMANS nam den Nederlandschen Gouverneur M. DE RAMA als gevan-
gene mede naar *Barbados.*

1668. PHILIPPUS JULIUS LICHTENBERG wordt den 6
Februarij als Gouverneur aangesteld.

1672. Het *Dominium Utile* van de kolonie *Suriname,*
hetwelk de Provincie *Zeeland* tot nu toe voor
zich gehouden had , wordt overgedragen aan de
Algemeene Staten der Vereenigde Nederlanden.

1674. De hernieuwde vrede van *Westminster* , van
den 9 Februarij , bevestigde in het 5e. en 7e.
Artikel het bezit dezer kolonie aan den Nederlandschen Staat nogmaals.

1678. De Gouverneur LICHTENBERG in April overleden zijnde, wordt hij bij Resolutie van den 9n.
September genomen door H. E. M. de Heeren
Staten van Zeeland en Z. D. H. den Prins
van ORANJE, door den Heer JOHAN HEINSIUS, oud
Secretaris van den Raad van Justitie in *Bra-
zille ;* vervangen.

1680. De Gouverneur JOHAN HEINSIUS overlijdt , en
de kolonie komt onder 12 Raden van Policie,
als zijnde zoowel LICHTENBERG als HEINSIUS
beschuldigd , dat zij de oorzaak waren , waarom
de Indianen de kolonie zoo verontrusten. Ten
gevolge dezer onlusten , zond de Provincie en
Admiraliteit van Zeeland 150 man tot verster-
king van het Surinaamsche Garnizoen. Intus-
schen nam na den dood van HEINSIUS , de
kommandant LAURENS VERBOON , het opperbewind , tot op de komst van den Heer VAN
SOMMELSDIJCK , *ad interim* waar,

1682. De Zeeuwen, met de Staten van Holland over
het eigendoms-regt van het veroverde fort in
twist gerakende, besloten hetzelve te verkoopen; en het was op den 10 Julij dezes jaars,
dat hetzelve aan partikulieren voor de som
van ƒ 260,000 verkocht werd, welke partikulieren, in eene Maatschappij vereenigd, den
naam van *West-Indische Kompagnie* aannamen,
aan welke, onder dagteekening van den 23 Sept.
een octrooi voor 10 jaren verleend werd.

1683. De veelvuldige kosten dezer Kolonie deden
de bewindhebberen, reeds in dat jaar, besluiten
om er twee derde gedeelten van te verkoopen,
hetwelk dan ook geschiedde en wel den 21 in
Mei, wordende een derde aan den Heer Cornelis van Aerssen van Sommelsdijck verkocht,
(zich tevens verbindende om als Gouverneur
naar de Kolonie te zullen gaan) en een derde
werd door voorschrevene partikulieren behou-
den. Deze Maatschappij nam den titel aan
van *Geoctroijeerde Sociteit van Suriname.*

1683. Aankomst van den Heer van Sommelsdijck
Gouverneur van *Suriname* op den 24 November.

1684. van Sommelsdijck geeft aan de Kolonisten
eenen Raad van Justitie en Policie.

1685. De Gouverneur herbouwde en vergrootte, de
forteres *Cottica*, later *Sommelsdijck* geheeten,
zijnde de bolwerken met lijken opgehoogd. De
Portugeesche Israeliten stichtten onder zekeren
Samuel Nassij een dorp en Synagoge, de *Joden Savane* genoemd.

1688. De Gouverneur van Sommelsdijck werd op den
19 Julij in eene laan van Oranjeboomen bij
het Gouvernementshuis door elf zaamgezwo-
renen, half beschonkene soldaten, vermoord.

Vervolgens maakten de muitelingen, wier getal
vrij aanzienlijk was, zich meester van het fort
Zeelandia, waarna zij tot de plundering van
het Gouvernementshuis overgingen. Nadat zij
aan boord van den *Salamander* gegaan waren,
ten einde te ontsnappen, werden zij door twee
schepen ingesloten en gevangen genomen, wordende 11 dezer oproerlingen op den 11 Augustus ter dood veroordeeld en geëxecuteerd, zijnde
8 gehangen, 3 geradbraakt en 60 medeplig-
tigen werden naar Nederland gezonden.

1688. ABRAHAM VAN VREEDENBURG aanvaardt het
opperbewind *ad interim* den 25 Julij.

1689. De nieuw benoemde Gouverneur JAN VAN
SCHARPHUIJSEN, kwam na een ongelukkige
reize, voor de rivier *Suriname*, en aanvaardde
den 12den Maart het bestuur van de Kolonie.
Den 6den Mei van dat jaar kwam hier eene
Fransche Vloot van 9 Oorlogschepen en een
bombardeer galjoot, onder bevel van den Admiraal DU CASSE, zijnde dit een gevolg van
vredebreuk tusschen *Nederland* en *Frankrijk*.
Het nietig fortje *Zeelandia* stond een drie
daagsch bombardement (den 8, 9 en 10 Mei)
door; terwijl de vereenigde pogingen der Kolonisten en schepelingen de bedoelingen der
Franschen deden mislukken, waarna zij, na
een groot verlies te hebben geleden, de rivier
afzakten en met hun eskader in zee staken.

1696. De Heer VAN SCHARPHUIJSEN, op deszelfs verzoek ontslagen, werd den 14 Mei dezes jaars
door Mr. PAULUS VAN DER VEEN opgevolgd.

1706. VAN DER VEEN, op deszelfs verzoek honorabel
ontslagen, droeg den 20sten October de nu

vooral in den landbouw bloeijende Kolonie aan
Willem de Grütter op:

1707. De Gouverneur na eene kortstondige regering
overleden zijnde (4 October), nam François
Anthonij de Raijneval het Gouvernement ad
interim, waar.

1710. Johan de Goijer, aanvaardt het bestuur den
19 Januarij.

1712. De Franschen kwamen den 8 October met een
sterke magt van 8 Oorlogschepen, 7 barken en
30 platboomde vaartuigen, met 3000 koppen
bemand, andermaal opdagen, hebbende tot aan-
voerder Jacques Cassard. — Den 10den tas-
ten zij het fort vruchteloos aan, en deden eenige
aanvallen op verschillende plaatsen, maar werden steeds met verlies afgeslagen; tot dat men
den 27 October over eene brandschatting in
onderhandeling kwam, wordende de Kolonie
bedreigd van alles, bij niet uitbetaling, te
vuur en te zwaard te zullen vernietigen. —
De eisch was verschrikkelijk, bedragende na-
genoeg 40 pCt. van alle bezittingen der gegoe-
de ingezetenen; zijnde de waarde van ƒ747,350.
Surinaamsch of ƒ622,800 Hollandsch Courant.
Den 12den December verliet de Admiraal Cassard met zijne vloot Suriname. — Gedurende
den oorlog met Cassard hadden sommige Kolonisten hunne negers zoo lang in de bosschen
gezonden; andere slaven waren door de wreede
mishandelingen hunner patronen muitzuchtig geworden, en eveneens in de bosschen gevlugt;
Ofschoon hen terugroepende, was dit echter
vruchteloos; zij bleven in de bosschen en plun-
derden op sommige Plantaadjen alles uit.

1715. De Gouverneur JAN DE GOIJER overlijdt den 14den Augustus. — FRANÇOIS ANTHONIJ DE RAIJNEVAL Gouverneur *ad interim*.

1716. JOHAN MAHONIJ aanvaardt het bestuur (Jan. 22).

1717. De Gouverneur JOHAN MAHONIJ overleden zijnde (October 17), wordt FRANÇOIS ANTHONIJ DE RAIJNEVAL voor de *tweede* maal Gouverneur *ad interim*

1718. JAN COURTIER, aanvaardt de regering den 2 Maart, hebbende den 21 Julij de doodstraf bepaald tegen weggeloopen slaven.

1721. De Gouverneur JAN COURTIER overlijdt den 2 September.— FRANÇOIS ANTHONIJ DE RAIJNEVAL voor de *derde* maal Gouverneur *ad interim*.

1722. HENDRIK TEMMING, Gouverneur, aanvaardt het bestuur den 9 Maart. Onder dezen Gouverneur is het, dat de Negers de Pl. *Kinderhoek*, aan de *Commewijne* afliepen.

1727. De Gouverneur HENDRIK TEMMING den 17 September overleden zijnde, wordt FRANÇOIS ANTHONIJ DE RAIJNEVAL voor de *vierde* maal Gouverneur *ad interim*.

1728. Mr. KAREL EMELIUS HENRIJ DE CHEUSSES wordt met de waardigheid van Gouverneur bekleed.

1734. De Gouverneur DE CHEUSSES overlijdt den 26 Januarij. JOHAN FREDERIK CORNELIS DE VRIES, Gouverneur *ad interim*. JACOB ALEXANDER HENDRIK DE CHEUSSES aanvaardt het bestuur, doch overleed reeds

1735. Den 26 Januarij van dit jaar; zijnde gedurende deszelfs regering, de fondamenten van het fort *Nw. Amsterdam* gelegd.

1735. Tusschen-bestuur van JOHAN FREDERIK CORNELIS DE VRIES. JOAN RAIJE aanvaardt het bewind den 23 December.

1737. De Gouverneur JOAN RAIJE overleden zijnde, (Augustus 11), kwam GERARD VAN DEN SCHEPPER aan het bestuur den 11 September dezes jaars.

1742. De Gouverneur GERARD VAN DEN SCHEPPER ontvangt zijne demissie ; van den 12 Augustus 1731 tot den 24 Augustus 1738, zijn door onderscheidene schepen 13,012 slaven in de Kolonie ingevoerd.

JOHAN JACOB MAURITIUS den 7 Februarij als Gouverneur aangesteld zijnde, werd door zijne beruchte Procedures met zekeren SALOMON DU PLESSIS, behoudens zijne Eer, gedemitteerd.

1747. Eenige Paltzer en Zwitsersche boeren worden ter Kolonisatie, herwaarts gezonden, van welke echter niets kwam, daar zij in de grootste ellende aan het Oranje-Pad stierven.

1749. De Kapitein Luitenant K. O. CREUTZ, wordt ter beteugeling van de gevlugte en zaâmgescholene Negers, met eene kommando soldaten uitgezonden, hebbende den 20 September een verdrag met hen getroffen.

1750. Aankomst alhier van twee Kommissarissen, zijnde de Heeren BOSCHAART en STEENIS, uit Nederland, ten einde de hiervoor genoemde geschillen tusschen den Gouverneur MAURITIUS en DU PLESSIS te onderzoeken, dragende

1751. Den 23n April de waardigheid van Gouverneur aan den BARON van SPÖRKE op, zenden de MAURITIUS in de volgende maand ter zuivering zijner zaak, naar Nederland.

1752. De Gouverneur van Spörke overleden zijnde, (7 Sept.), wordt hij in die hooge betrekking door den Kommandeur Wigbold Crommelin *ad interim* opgevolgd.

1754. Pieter van der Meer aanvaardt het bestuur den 22 October.

1756. Den 6 Mei dezes jaars overleed de Gouverneur en het bestuur werd nu weder door Crommelin waargenomen.

1757. Den 24 Januarij werd Crommelin als *effectief* Gouverneur aangesteld. — In datzelfde jaar brak er een opstand onder de Negers uit, hetwelk in de *Tempatij* kreek, in boven *Commewijne*, uitborst, zijnde de muitelingen aldaar met 1600 Negers uit de naburige streken versterkt, welke misnoegden de Kolonisten dwongen tot het sluiten van eenen voor hen voordeeligen vrede, en bij welke overeenkomst zij voor *vrije* lieden werden verklaard; een en ander werd op de Plantaadje *Auka* geteekend en gesloten, zijnde de Majoor Meijer aan het hoofd van onze Afgevaardigden, en zekere Pomo aan de zijde der Negers.

1760. Dit vredesverdrag werd in dit jaar wederzijds geteekend.

1762. In dit jaar werd met andere weggeloopene slaven, zich in boven *Saramacca* ophoudende, de vrede gesloten en ook gelijk bovengenoemde Negers voor *vrije* lieden verklaard; — In de overeenkomsten was onder anderen bepaald, dat de bevredigde Negers de vervolgens weggeloopene Slaven aan het Gouvernement zouden uitleveren, hetwelk onder de overige Negers

misnoegdheid en wangunst deed geboren worden, zoodat velen de wijk naar de uitgestrekte
bosschen namen, vooral, daar de bevredigde
Negers getrouw hunne beloften nakwamen.—
Er ontstond dan weldra eene nieuwe stroop-
bende, onder den naam van *Marons.*

1763. De Stad werd den 18den April door een'
zwaren brand bezocht.

1764. In dit jaar werd het Gouvernement genood-
zaakt, door de menigvuldige kostbare expeditien tot het maken van ƒ 500,000 kartonne
geld.

1765. Eerste plundering der *Marons.*
In Februarij liepen deze *Marons* de Plantaadjen *Rust en Lust*, alsmede '*s Hertogen-
bosch*, beide in boven *Cottica* af, alwaar
zij eenige slaven en geweren veroverden.

1770. CROMMELIN geeft het bestuur, na bekomen
verlof, den 27 October aan JAN NEPVEU over.
Er werd om zoo goed doenlijk in de schaarsch-
heid van specie te voorzien, eene beleening
in de *Nederlanden* gedaan.— De gezamenlijke
beleeningen bedroegen *Zestig Millioen* guldens.

1770-75. Het welgelukken van de expeditien der
Marons, verstoutte hen, om in Nov. 1770
een' gelijken aanslag te doen op de Plantaadjen *Mon Desir*, in de *Motkreek*, alwaar zij
16 slaven en eenige wapens buit maakten;
in Jannarij van het volgende jaar tastten zij
zelfs in de *Casipoeroe* kreek eenen Militairen Post aan, denzelven 10 geweren afnemende.
De Kolonisten hierover hunne klagten aan
de Staten ingezonden hebbende, besloten dit
met kracht van wapenen te keer te gaan,

en er werd in 1772 een Korps troepen , onder
kommando van de Kolonels FOURGEOUD en
STOELMAN , op dezelven afgezonden , ten einde
deze muitelingen te beteugelen; aan welke het
dan ook , na veelvuldige expeditien , ge-
lukte , na in Augustus 1775 hunne residentie-
plaats van 83 huizen verbrand , hunne tuinen
en kostgronden verwoest en nog een ander
dorp van 33 huizen in de asch te hebben gelegd , den vrede met hen te treffen.

1774. Onder het bestuur van NEPVEU werd , door
Mr. BEELDSNIJDER MATROOS (later gouverneur)
den 10 Augustus de eerste *Surinaamsche Courant* uitgegeven ; terwijl ook in datzelfde jaar
een begin gemaakt werd met het daarstellen
van een *Cordon* of eene linie van defensie ,
ten einde de boschnegers te kunnen afweren.

1776. In dit jaar rigtte men te *Paramaribo* een genootschap op van 20 Leden uit de voornaamste
personen der Kolonie , die zich *Nimrotten*
noemden , hebbende tot hunnen patroon of
Beschermheilige *St. Hubert* in het Westen.

1779. NEPVEU , na eene omtrent 10 jarige regering ,
overleed den 27 Februarij , bijna 60 jaren oud
zijnde , wordende door den Heer Kommandeur
BERNARD TEXIER als Gouverneur *ad interim*
opgevolgd.

1780. De Kommandeur BERNARD TEXIER , wordt den
3 Februarij als *effectief* Gouverneur ingehuldigd.

1782. Den 25 September dezes jaars , stierf de Gouverneur TEXIER in den ouderdom van 57 jaren,
wordende door Mr. BEELDSNIJDER MATROOS
(aangezien de Fiscaal WICHERS naar *Europa*
was) in het opperbewind opgevolgd.

1784. Den 23 December keerde de Generaal Majoor Mr. Jan Gerhard Wichers hier terug, wordende den 24 als Gouverneur Generaal ingehuldigd.

1785. Den 12 October dezes jaars, werd het Honderdjarige jubelfeest der stichting van de *Sijnagoge* der Portugeesche Israëliten op de *Joden Savane* met alle pracht én luister gevierd.

In datzelfde jaar werd er te *Paramaribo* een Genootschap opgerigt, hetwelk tot zinspreuk had: *de Surinaamsche Lettervrienden.*

Den 10 November daaropvolgende, had de bijzonderheid plaats, dat op de rivier *Suriname* een éénmast vaartuig arriveerde, met slechts één' eenigen persoon, J. Schakfort bemand, komende van *London*, laatstelijk van *L' Orient*, van waar hij den 6 Julij vertrokken was, hebbende niets dan krijt tot lading.

1790. Het Etablissement *Voorzorg* aan de *Saramacca* wordt aangelegd voor eene verblijfplaats der Melaatschen. Daar de Gouverneur Wichers weinig tot opbeuring der Kolonie konde toebrengen, ging hij den 15 Junij naar het Moeland terug, na vooraf het bestuur aan den Heer Kommandeur Friderici te hebben opgedragen.

1792. Juriaan François Friderici werd den 24 Augustus als Gouverneur ingehuldigd, en tot Generaal Majoor van den Staat der *Nederlanden* verheven.

1793. Den 9 September legde de Gouverneur den eersten steen van het gebouw, alwaar het hof van Civiele en Criminele Justitie, zitting houdt staande, ten Noordwesten van het Gouvernements-plein.

1798. Aankomst van acht Franschè vlugtelingen in deze Kolonie, onder vreemde benamingen, zijnde de Heeren PHICHEGRU, BARTHLEMIJ, AUBRIJ, VILLOT, LA REU, RAMEL, DOSSON-VILLE en TELLIER, welke den 4 September 1797 geartesteerd, en uit *Frankrijk* gebannen waren geworden.

1799. Den 14 Februarij arriveerde alhier zekeren EMANUEL DAMPARAN met Spaansche troepen, met welke deze tot onze adsistentie den 5 Mei in Zee stak. Dan, den 21 Augustus van dat jaar viel de Kolonie in handen der Engelschen, zijnde 4 dagen vroeger, den 17 Augustus, bij kapitulatie, aan zekeren SEIJMOUR, Kommandant der Zeemagt en TRIGGE, Kommandant der Landmagt overgegeven, welke Kommandanten den 11 September daaraanvolgende vertrokken, latende het bestuur aan den Nederlandschen Raad over.

1802. Na den vrede van *Amiens* werd ons de Kolonie teruggegeven, zijnde door BLOIS VAN TRESLONG (welke hier met 1100 man troepen aangekomen was), op den 23 November van dit jaar overgenomen van den Engelschen Admiraal CAMPBELL, welke den 2den December daaraanvolgende vertrok.

Den 4den December gaf VAN TRESLONG kennis, dat de Gouverneur Generaal FRIDERICI gesuspendeerd was, nemende zelf met 2 Raden, VAN OMMEREN en BREDERODE, het bestuur over.

1803. Den 9den December werd PIERRE BERRANGER als Gouverneur Generaal geïnstalleerd, welks bestuur zeer kort van duur was.

1804. Den 28sten April werd, de Kolonie, weder on. der het Engelsche gezag gebragt, zijnde bij kapitulatie door de Heeren Hood. en Charles Green overgenomen.

1804-16. Gedurende de Engelsche regering volgden kort vijf Gouverneurs elkander op. — De eerste Charles Green Luitenant Generaal, aanvaardde deze waardigheid ¡den 8sten Mei 1804, en werd den 16n April. 1805 door den Luitenant Generaal W. C. Hughes (welke laatste hier den 27sten Nov. 1808 overleden is) opgevolgd. — Hierop werd het bestuur aan den Luitenant Generaal Johan Waardlaj opgedragen; echter regeerde deze niet langer dan van den 30sten September 1808 tot den 12den Mei 1809, zijnde dit toen aan den Luitenant Generaal Charles Bentink opgedragen geworden, welke laatste den 8sten November 1811 in deze kolonie overleed ; wordende den 11n. November van dat jaar door Pinçon Bonham, Luitenant Generaal, in het bewind opgevolgd, welke de Kolonie tot op de overgave aan het Nederlandsch Gouvernement bestuurd heeft.

1812. De oud Gouverneur J. F. Friderici, overlijdt den 11den October van dit jaar.

1816. Den 6den Januarij kwam een Nederlandsch eskader, onder den Admiraal van Braam, deze Kolonie, ingevolge conventie van den 13den Augustus 1814, van de Engelschen overnemen; echter verbleven. Demerarij y Essequebo en Berbice aan de Engelschen, wordende de rivier Corrantijn als grensrivier tusschen Nederlandsch en Britsch-Guyana bepaald en aangenomen. Den 27sten Februarij

nam dé nieuwbenoemde Gonverneur WILLEM
BENJAMIN VAN PANHUIS, de Kolonie *Suri-*
name, in tegenwoordigheid van den Raad van
Policie, over; hij overleed echter reeds den 18
Julij van datzelfde jaar.

Den 19 Julij nam de Raad-Fiscaal CORNELIS
RIJNHARD VAILLANT het Gouvernement *provi-*
sioneel over.

1817. Den 17 September 's morgens 11 uren, den
9 December des namiddags te 4 uren, en den
23 December te 1 ure, gevoelde men alhier
ligte schokken van Aardbevingen.

1819. In het begin van dit jaar werden de kinderpok-
ken hier overgebragt, om welke reden het
Gouvernement zich gedrongen gevoelde, om
de inënting te doen bewerkstelligen. Den 20
October kwamen twee Engelsche Kommissarissen naar de Kolonie over, tot het instellen
van een gemengd Geregtshof tot wering van den
Slavenhandel, welk gemengd Geregtshof alleen
bevoegd is regt te spreken over prijsgemaakte
schepen.

Den 28 November zoude er te *Paramaribo*
bijna eene geduchte opstand tusschen de Burgerij
en de Militairen, ter oorzaak van het desbal-
loteeren van een' Officier, den Heer LAUTA,
in de *Surinaamsche Societeit*, ontstaan zijn,
hetwelk echter niet meer dan met hooggaande
onaangenaamheden ten einde liep, en wel
door de fermiteit en onmiddelijke tusschen-
komst van den Gouverneur VAILLANT, die
persoonlijk in het Collegie kwam, den Heer
AMPT den degen afeischte, zendende de andere Oficieren naar het binnenfort in arrest.

1820. Twist . tusschen de jagers van het Garnizoen en de Kleurlingen van de Burgerwacht, wordende er *drie* dagen, (den 21, 22, en 23 November), alarm geslagen ; de wachten werden verdubbeld, terwijl de Burgerij al dien tijd onder de wapenen bleef en de stad door patrouilleerden; welke gisting eene algemeene sensatie veroorzaakte.

1821. Een ontzettende brand woedde op den 21sten en 22 Januarij van dit jaar, alhier. — Dezelve nam op Zondag, den 21 Januarij, des namiddags te *half twee*, een' aanvang en men werd denzelven niet voor Maandag den. 22sten tegen 12 uren meester. — *Vier konderd* woonhuizen, *acht honderd* pakhuizen en bijgebouwen werden, behalve de in 1811 gebouwde *Gereformeerde Koepelkerk*, de *R. Katolijke Kerk*, het *Hof van Policie*, *'s Lands Waag*, de *Weeskamer*, de *Schouwburg* en de *Burgerwacht* eene prooi der vlammen. Het verlies is op *zestien millioen* berekend geworden.

Kort na den brand vertrok de Gouverneur VAILLANT naar *Nederland*.

1822. Op den 1sten April daaraanvolgende, nam de Generaal Majoor ABRAHAM DE VEER het Bestuur over. — Den 9den Julij legde de Gouverneur DE VEER den eersten steen van het nieuwe *Waaggebouw*.

1823. In Junij heerschtte in de Kolonie *Suriname*, eene zware Cathrale verkoudheid, (de *griep* geheeten), aan welker gevolgen vele, vooral bejaarde menschen stierven.

1825. Des nachts tusschen den 11n. en 12n. April verbrandde ter reede van *Paramaribo*, twee

Nederlandsche Koopvaardij - schepen, *Willem de Eerste* en *Betsy.*

1826. In dit jaar had er alhier, eene groote ver-
andering, ten opzigte van het in omloop zijnde
papierengeld plaats.

Den 26sten October Publiceerde de Gouverneur Generaal. het Koninklijk Besluit van den
10den Augustus, Lett. B. No. 20, te voren,
waar bij Art. 4 bepaald werd, dat de invoe-
ring van een nieuw papieren Geld, den 1n.
Januarij 1827 zoude plaats vinden, en ver-
der, dat *Een Honderd Guldens Nederlandsch*
zoude gelijk staan aan *Drie Honderd en Tien
Guldens Surinaamsch.* — Later zijn door het oprigten van de *Particuliere West-Indische
Bank,* deze papieren banknoten ingetrokken,
welke door biljetten van voornoemde Bank
vervangen zijn geworden.

1827. In dit jaar, tusschen den 25 en 26 Februarij
des nachts te 12 uren, ontstond er brand in
de *Keizerstraat,* naast de *Nederlandsche Israëlitische Synagoge,* in het huis bewoond
door den Heer RICHARD O'FERRAL JR., waarbij
drie huizen in de asch werden gelegd.

1828. Den 28 April, des achtermiddags te *vijf* ure,
landde te *Paramaribo* Zijner Majesteits Kom-
missaris-Generaal der Nederl. West-Indische
Bezittingen, Zijne Excell. de Generaal-Majoor
JOHANNES VAN DEN BOSCH, komende laatst van
St. Eustatius, met Z. M. Brik van Oorlog
de Zwaluw, gekommandeerd door den Luit.
ter Zee 1e. klasse F. H. AMBT.

Den 4 Mei, arriveerde hier van *Curaçao*
Z. M. Korvet van Oorlog *de Panther,* ge-

kommandeerd door den Kapitein Luit. D.
Buijs, aan boord hebbende den Schout bij
Nacht, gewezen Gouverneur van *Curaçao*,
P. R. Cantz'laar

Den 29 Mei werd de Heer de Veer *honorabel* ontslagen en de Heer Paulus Roelof
Cantz'laar als Gouverneur Generaal der N.
W. I. Bezittingen geïnstalleerd. Den 23 Julij
werden de Raden van Policie van hunne pos-
ten ontheven.

Den 1 Augustus werden de nieuwe Regl e
menten op het beleid der Regering, het Jus-
titiewezen, den Handel en de Scheepvaart
voor de Kolonie *Suriname*, ingevolge art. 2 van
de Publicatie van Z. E. den Kommissaris-Gene-
raal v. d. Bosch, dd. 21 Julij, in werking gebragt.

1829. Bij Publicatie dd. 9 Maart, No. 2, werd het
besluit van Zijne Majesteit afgekondigd dd.
30 December 1827 La. O. No. 36 betrekkelijk het oprigten van eene *Particuliere West-
Indische Bank* te *Suriname*, zijnde in het
voormeld besluit tot het kapitaal van Bank-
biljetten der Bank bij art. 1 op *drie millioen
Guldens* vastgesteld.

Den 2 Mei bragt de Kapitein Luitenant
van Es, Kommanderende de Oorlogs - Brik
de Valk, te *Paramaribo*, 2 vaartuigen op,
waarvan de eene een kaper *de Generaal Dorégo*
genaamd, en de andere eene gemaakte prijs
van den kaper, was genaamd *Lébre* staande
onder prijsmaking, onder bevel van Jao Maca-
rio da Siilvae Figiera. Het Opperhoofd of
Kapitein van den kaper noemde zich Alexander Bartleaud.

:) Het scheepsvolk werd buiten proces gesteld zijnde allen aan boord van de ter reede van *Paramaribo* liggende Oorlogschepen, getransporteerd geworden.

1830. Den 13den October werd het vonnis tegen de *vijf* Officieren van den *Dorégo* uitgesproken, waarbij het opperhoofd BARTHAUD tot *twintig* jaren dwangarbeid veroordeeld werd. STEVEN DONAY, 1e Luitenant, tot *vijftien* jaren; MANUEL ECHANES, Victualiemeester en CHARLES STEWART, Stuurman, tot *tien* jaren; terwijl de medebeklaagde EUGENE GOUVERNON, schrijver en aspirant, geabsolveerd en dadelijk vrijgesteld werd, zijnde eenige dagen later naar *Boston* vertrokken.

1831. De Gouverneur Generaal PAULUS ROELOF CANTZ'LAAR overleden zijnde (15 Dec.), aanvaardt Mr. EVERT LUDOLPH BARON VAN HEECKEREN, Procureur Generaal, als Oudste Lid van den Kolonialen Raad, het Gouvernement Generaal der Ned. W. I. Bezittingen.

Den 23sten November van dit jaar, werd het Koninklijk Besluit No. 38, afgekondigd, waarbij is goedgekeurd geworden een Reglement op de Manumissie der Slaven in de Ned. W. I. Bezittingen.

1832. De Gouverneur Generaal *ad interim* BARON VAN HEECKEREN, wordt bij Koninklijk Besluit dd. 6den Maart, *effectief* aangesteld, en op den 6den Mei plegtig ingehuldigd.— De Heer Mr. PHILIPPUS DE KANTER, President van den Hoogen Raad van Civiele en Criminele Justitie van *Curaçao*, wordt bij Koninklijk Besluit van den 6den Maart, tot Procureur

Generaal in plaats van den Baron van Heeckeren , benoemd.

Den 3den September van dit jaar, werd *Paramaribo* door een' zwaren brand bezocht.—
Den geheelen *Waterkant* van den *Heiligen
Weg* tot aan de *Steenbakkerij straat*, de
Joden Bree straat, tot van de *Maagden straat*,
alsmede de *Luthersche Kerk* werden eene prooi
der vlammen.— De schade werd naar gissing,
op ruim *een millioen* gesteld.— Deze brand ontstond in het huis van den Heer M. N. Monsanto.

Het bleek dat zoowel de brand bij Monsanto ,
als latere voorvallen opzettelijk door *Slaven* ,
en met afgrijsselijke voornemens hadden plaats
gevonden. De misdadigers , alle uit Slaven
bestaande , kwamen in handen van het geregt
en werden na een kort proces teregt gesteld ;
de hoofdmisdadigers ontvingen hun straf aan
den brandstapel, op het erf van den Heer Monsanto , de overigen werden op de gewone straf-
plaats der slaven geëxecuteerd.

Den 4 December werd afgekondigd het , bij
's Konings Besluit van den 9 Augustus vast-
gestelde nieuw Reglement op het beleid der
Regering , ter vervanging van alle vroegere
Reglementen van gelijken aard.

1833. Embargo op alle Nederl. schepen den 2 Januarij , uithoofde der vijandelijkheden welke *En-
geland* en *Frankrijk* jegens *Nederland* aan-
gevangen hadden.

Legging van den eersten steen , zoowel van
de *Hervormde* als van de *Luthersche Kerk.*

In den nacht van den 17 en 18 Mei , ontstond er brand op de plant. *Waterloo* in het

district *Neder-Nickerie*. De schade werd op
ruim *f* 70,000 geschat.

1834. In dit jaar werd, ten behoeve van de Kolonie,
in Noord-Amerika gebouwd, vervolgens in
Koloniale dienst gesteld, de schoener *Hen-
riette Elisabeth*. In dit jaar werd door Z.
M. den Koning een *Algemeene Curator en
Weesmeester* benoemd.

Eenige *Aukaners* Boschnegers besluiten om
tegen wegloopers (zich schuilhoudende aan
't beruchte kamp *Kraboehollo*) eenen bosch-
togt te ondernemen. Deze expeditie werd met
den besten uitslag bekroond, zijnde *vier* dier
wegloopers gevangen genomen en *vier* ge-
sneuveld.

1835. Den 1 April van dit jaar, werd in het Kerkgebouw der *Evangelische Broeder Gemeente*,
het *vijftig* jarig bestaan der Maatschappij :
Tot Nut van 't Algemeen, plegtig gevierd.

Den 24 Junij, arriveerde alhier PRINS HEN-
DRIK DER NEDERLANDEN, destijds *Adelborst* 1e.
klasse, onder geleide van den kapt. ter Zee
ARRIENS, met het fregat *de Maas*, gekommandeerd door den Luit. ter Zee FERGUSON. Op
den 6 Julij, verliet Z. K. H. *Paramaribo*.

In de Maand September hadden er wederom
expeditien tegen de wegloopers plaats. — De
patrouille werd aangevoerd door den toenmaligen
Burger tweede Luitenant MONTECATTINI, met
dat gevolg dat het kamp ontdekt en vernield
werd, terwijl de wegloopers gedeeltelijk sneu-
velden of in handen hunner bestrijders en ver-
volgers geraakten.

Op den 31sten December werd een nieuwe
Reglement voor de Schutterij afgekondigd,
hetwelk tot eene algemeene ergernis aanleiding gaf. — De Gouverneur Generaal geraakte
in verwarring en vrees, en liet de stukken
geschut der Fortresse *Zeelandia* en van de
alhier ter reede liggende Oorlogschepen tegen
de stad rigten. — Door eenige ingezetenen
ernstiglijk aangesproken, schorstte hij op den
12den Januarij de uitvoering van het 42 artikel van zijn reglement, welk artikel voornamelijk tot de ergernis aanleiding gaf.

1836. Op den 13den Mei maakte de Gouverneur
belangrijke veranderingen en wijzigingen in
het voorn. Reglement, en op den 18, 20 en
21 werden de staf- en verdere Officieren benoemd of bevestigd.

Op den 7den Februarij, werd met veel pleg-
tigheid op het Etablissement *Batavia* aan de
Coppename, de daar opgerigte *R. K. Kerk*,
toegewijd aan St. Roch, ingewijd. Op den 25
Junij werd door den Gouverneur Generaal, in
tegenwoordigheid van onderscheidene zoowel
Civile als Militaire Autoriteiten en Ambte-
naren, de eerste steen gelegd aan het bezijden
van het Geregtshof, op het Gouvernements-
plein opgetrokken Steengebouw, bestemd voor
onderscheidene publieke Departementen.

In dit jaar, werd er een stoomvaartuig door
den Ingenieur Thomas Keen gebouwd, zijnde
de boot genaamd *Willem den Eersten* en bestemd voor de vaart op de binnenwateren.

1837. De Gouvernements-Secretaris Mr. G. A. van
der Mel, den 27sten Januarij overleden zijnde

wordt de Heer G. S. DE VEER tot het vervul-
len van die betrekking benoemd. In de maand
April dezes jaars vereenigden zich eenige Ingezetenen tot het daarstellen van een liefheb-
berij Tooneel-Genootschap en het oprigten van
een' Tooneel-Gebouw.

Op den 5 Mei werd het nieuwe Kerkgebouw der *Ned. Israëlitische Gemeente*, aan de
Keizer straat, plegtig ingewijd.

De Slavin *Semire*, behoorende aan Plaut.
Nieuwstar, beschuldigd van een Negermeisje
genaamd *Daphina*,,om het leven gebragt, het
lijk aan stukken gesneden en een gedeelte daar-
van opgegeten te hebben; werd de beklaagde,
tot de straffe des doods veroordeeld, welke
straf zij ook ondergaan heeft.

In de maand November werd er eene *tweede*
Schoener door het Koloniaal Gouvernement
aangelegd, den naam dragende van *de Be-
schermer*.

1838. Op den 2 Februarij dezes jaars, overleed de
Hoog Edel Gestrenge Heer ABRAHAM DE VEER,
oud Gouverneur der Kolonie *Suriname*. Den
5 Mei werd aan het Tooneel-Gebouw *Thalia*
den eerste steen gelegd.

Den 14 April werd ter kennisse van de Ingezetenen gebragt, dat de Gouverneur Generaal,
in den loop der maand Mei, met verlof de
Kolonie verlaten zoude.

Op den 18 Mei, werd geadverteerd, dat het
Z. M. goedgunstig had behaagd, het Koloniaal
Gouvernement te magtigen, om, gedurende de
eerstvolgende *twaalf* maanden, tot een beloop
van *Honderd Duizend Gulden*, aan Wissels

op het Gouvernement in het Moederland te disponeeren.

Op den 2 Junij werd bij Proclamatie kennis gegeven van het vertrek van den Gouverneur Generaal Mr E. L. BARON VAN HEECKEREN met verlof naar het Vaderland, en van de overgave van het Gouvernement Generaal aan Mr. PH. DE KANTER, als Gouverneur Generaal *ad interim*.

Op den 5 Junij vertrok de Baron van HEECKEREN, met Z. M. Transportschip *Dordrecht*, kapt. Luitenants KOOPS, naar *Curaçoa*, alwaar hij den 15 Junij daaraanvolgende overleed.

1839. In den vroegen morgen van den 11 Januarij omstreeks 6 uur, werd alhier eene vrij hevige schok van Aardbeving gevoeld.

Namens den Gouverneur Generaal *ad interim*, werd den 16 Mei ter kennisse der Ingezetenen gebragt, dat het Zijne Majesteit op nieuw behaagd heeft ons een Crediet van *Honderd Duizend Gulden* te verleenen.

Den 7 Julij arriveerde alhier Z. M. Korvet *Amphitrite*, kapt. Luitenant J. F. TENGBERGEN, aan boord hebbende den Schout bij Nacht, Gouverneur Generaal der Nederlandsche W. I. Bezittingen, JULIUS CONSTANTIJN RIJK.

Den 26 Julij werd gepubliceerd de overgave van den Gouverneur Gen. *ad interim*, Mr. PH. DE KANTER, en ten zelven dage de overname van den Schout bij Nacht J. C. RIJK als Gouverneur Generaal der Ned. W. I. Bezittingen.

Den 23sten September des nachts ten 12½ ure, ontstond er brand aan de *Keizer straat* in het huis bewoond door den Heer A. VAN

SAMUEL, hetwelk gelukkiglijk niet van groote schade is geweest.

Den 12den December dezes jaars, vormde zich eene Maatschappij, tot voorziening in de ordentelijke begrafenis van personen, binnen de stad *Paramaribo* overlijdende, wier bloedverwanten zich alhier niet bevinden.

1840. Bij Resolutie van Z. Exc. den Gouverneur Generaal, dd. 11 Junij, is aan den Heer F. W. CRAGIN, het uitsluitende privilegie verleend, om voor den tijd van *tien* jaren *Ys* alhier intevoeren.

1841. Publicatie van den 7den Januarij, inhoudende kennisgeving van de abdicatie van Z. M. WILLEM 1 en van de aanvaarding der Regering van Zijne Koninklijke Hoogheid den PRINS VAN ORANJE, onder den naam van WILLEM II.

In de maand Maart, werd er een Tooneel-Genootschap: *Polyhymnia* opgerigt. Gedurende de eerste 4 maanden van den loop dezes jaars stegen de voornaamste levensmiddelen tot exhorbitante hooge prijzen.— Men betaalde voor een bos Banannen *f* 2.

Den 31 December, des middags 2 ure, ontstond er brand in het Fort *Zeelandia*, waarvan zonder spoedige hulp, de nadeelige gevolgen bij de droogte en vooral door de nabijheid van het Kruid-depôt, niet te berekenen waren.

1842. Op den 9den Januarij arriveerde alhier het prachtig stoomschip *Clyde*, Luitenant ter Zee WOODCRAFT, komende van *Londen* en bestemd voor de Brievenmaal.

Publicatie van den 4den Maart, inhoudende

Reglement op de verdeeling der Kolonie *Suriname* in Divisien en ter verzekering der
publieke rust en veiligheid in dezelve.

Daar bij Koninkl. Besluit van den 23 Oct.
1841, de Gouverneur Generaal J. C. Rijk tot
Directeur Generaal der Marine benoemd was,
zoo werd bij Publicatie van den Isten April
kennis gegeven, van de overdragt van het
Gouvernement Generaal door den Schout bij
Nacht J. C. Rijk en van de overname door
den Procureur Generaal Ph. de Kanter, voor
de *tweede* maal als Gouv. Gen. *ad interim.*

Op den 5 April verliet de Schout bij Nacht,
benoemd Directeur Generaal der Marine, J.
C. Rijk, met de Korvet *Juno* de Kolonie
Suriname.

Den 11den November arriveerde alhier Z.
M. Korvet van Oorlog *Juno*, Kapitein ter
Zee Mol, aan boord hebbende Z. Exc. den
Gouverneur Generaal der Ned. W. I. Bezit.,
Burchard Jean Elias.

Publicatie van den 15den November, houdende kennisgeving der overgave van het Bestuur door den Gouverneur Generaal *ad interim* Mr. Ph. de Kanter, en de aanvaarding
door den Gouverneur Gen. der Ned. W. I.
Bezittingen B. J. Elias.

In de maand Februarij werd er eene Commissie uit de Ingezetenen zamengesteld, betrekkelijk de Kolonisatie.

Op den 21sten Junij arriveerde alhier per
het schip *Wilhelmina*, Kapt. Klint, de Wel-
Eerw. Heer J. H. Betting met *drie* landbou-
wers, zijnde eene Commissie bij Koninklijk

Besluit van den 25sten Januarij benoemd, ten
einde alhier eene geschikte landstreek uit te
kiezen voor eene *Europeesche Kolonisatie*.

1844. In de maand Junij werd de Grond *Voorzorg*
in beneden *Saramacca*, door het Gouvernement ten behoeve der *Kolonisatie* aangekocht.
In den nacht tusschen den 29 en 30 Aug.
werden *Suriname's* Ingezetenen onverwacht
verrast, door drie achtereenvolgende schokken
van Aardbeving; de zwaarste die immer hier
gevoeld werden.

Den 13den October 's avonds omstreeks *tien*
ure, ontstond er brand in de Bakkerij van
E. P. EMANUELS. Door tijdig aangebragte
hulp werd men denzelven spoedig meester.

1845. Op den 20sten Junij van dit jaar, arriveerde
aan het Etablissement *Voorzorg* in *Saramacca*,
het schip *Susanna Maria*, Kapt. E. MEIJER,
aan boord hebbende een getal van 17 Huis-
gezinnen benevens 13 vrije arbeidsters te zamen 104 Kolonisten. Tenzelve dage het schip
Noord Holland, Kapt. H. K. RUIJL, op het
welk zich bevond een getal van 12 huisge-
zinnen vergezeld van 15 vrije arbeidsters, te
zamen 86 personen, welke gedeeltelijk op
Voorzorg en gedeeltelijk op *Groningen* werden
gehuisvest, onder bestuur van den WelEerw.
Heer A. VAN DEN BRANDHOFF.

Daar bij Koninklijk Besluit van den 21sten
April, de Heer B. J. ELIAS, op deszelfs
verzoek, *eervol ontslag* verleend was, zoo
werd den 18den Julij gepubliceerd de aftre-
ding van den Heer B. J. ELIAS, en van de
overgave van het bestuur der Kolonie aan den

benoemden Gouverneur van *Suriname* R. F.
Baron van Raders, zijnde tot de aankomst van
Z. E. den Baron van Raders, de waarneming
van het Bestuur aan den Procureur Generaal
Mr. Ph. de Kanter opgedragen.

Den 9den October arriveerde alhier de schoener *Beauté*, Kapt. W. J. C. Ellis, aan boord
hebbende Z. E. den Gouverneur van *Suriname*
R. F. Baron van Raders. Den 13n Oct. aanvaardde Z. E. het Bestuur over deze Kolonie.

1846. De Heer G. S. de Veer bij Koninkl. Besluit
dd. 19 Februarij benoemd zijnde tot Referen-
daris bij het Ministerie van Kolonien en alzoo
eervol ontslagen als Gouvernements Secretaris,
werd de Heer Mr. J. Æ. Lisman, tot de waarneming dier betrekking *ad interim* benoemd.

In de maand Augustus werd er een begin
gemaakt met het graven van een *Kanaal*,
hetwelk voortgaande, naar de *Saramacca*, in
de nabijheid van *Voorzorg* zouden moeten uit-
komen. — Zware droogte en schaarschte van
levensmiddelen.

Den 31sten Augustus werden het Kanaal plegtig en feestelijk ingewijd.

In de maand December werden tengevolge ont-
vangene last van het Ministerie van Kolonien,
de werkzaamheden aan het *Kanaal* gestaakt.

1847. In de maand Maart dezes jaars werd er alhier eene *Surinaamsche Maatschappij tot
Bevordering van den Landbouw* onder de
vrije bevolking opgerigt.

Den 18den April werd het *Honderd* jarige
bestaan van het Kerkgebouw der *Evang. Luth.
Gemeente* plegtig gevierd.

Publicatie van den 8 April, houdende af-
schaffing van Zijner Majesteits Besluit dd. 6
Februarij waarbij bepaald wordt, dat de Billetten naar aanleiding van het Koninkl. Besluit
van den 30sten December 1828 in de Kolonie
Suriname in omloop zijn gebragt door de aldaar gevestigde *West I. Bank*, zullen vervangen worden door Nederlandsche Muntspe-
cien, voorafgegaan door Schatkist - billetten.

1848. Den 25 Januarij omstreeks *half elf* ure des
avonds ontstond er brand aan het dak van eene
pont geladen met Suiker, toebehoorende aan
den Heer G. JACOBS; door spoedige hulp is
men dezelve meester geworden.

Den 23sten Maart werd Gepubliceerd, dat
het Z. M. behaagd heeft, de *handel* en *vaart*
van deze Kolonie voor alle natiën, met welk
de Koning in vriendschap leeft, open te stellen.

1849. Den 11den Mei werd alhier aangekondigd,
het overlijden van KONING WILLEM II, op
den 16den Maart in het 57ste jaar zijns le-
vens, te *Tilburg*, alsmede de aanvaarding
der regering door Zijne Kon. Hoogheid den
PRINS VAN ORANJE, onder den naam van WIL-
LEM III.

In den vroegen morgen van den 26 Julij,
ontstond er brand in de *Prince straat*, bij de
Hofstraat, nabij de *Drambrandersgracht*,
waarbij *twee* woonhuizen en *twee* blokken
negerhuizen eene prooi der vlammen werden.

1850. Publicatie van den 14 October, houdende af-
schaffing van de *Hoofdgelden* over de Vrije
Bevolking, en instelling eener *Belasting op het
Personeel*.

1851. In de maand April van dit jaar begonnen onderscheidene ziekten en ongesteldheden, eene vreesselijke slagting in deze Kolonie te rigten. Voornamelijk onder de Militairen en het scheepsvolk heeft de *Thijpus Icterodes*, honderden ten grave gesleept. Eene andere ziekte, met name de *Influenza* stortte binnen weinige dagen bijkans de geheele bevolking op de krankbedde.

Onder de schepen uit *Nederland* aangekomen, bevond zich het Oostenrijksch barkschip *Venezia*, kapt. RANIERO CZAR. Al spoedig na deszelfs aankomst, werden de Gezagvoerder, Stuurlieden en de meesten der overige Equipage door de heerschende ziekten aangetast, en ten grave gesleept. Het schip werd als onbeheerd, bij openbare veiling verkocht.

Op den 17 Mei daaraanvolgende, is uitgegaan eene Gouvernements-Resolutie, houdende mededeeling van *drie* Koninklijke besluiten, betrekkelijk de behandeling, tucht, voeding, kleeding en huisvesting der slaven.

Bij Koninklijk Besluit van den 29 December werd Z. E. DE BARON R. F. VAN RADERS *eervol* ontslagen, als Gouverneur van *Suriname*.

1852. Den 1 Maart van dit jaar, nam de Procureur Generaal, *oudste Lid van den Kolonialen Raad*, Mr. PH. DE KANTER, voor de *derde* maal, als Gouverneur *ad int.*, van Z. E. het Bestuur over.

Den 8 April verliet DE BARON R. F. VAN RADERS, met Z. M. Oorlogs brik *de Sperwer Suriname.*

Op den 14 Junij overleed alhier in den ouderdom van 48 jaren, de Hoog Edel Gestrenge

Heer Mr. PH. DE KANTER , Gouverneur *ad interim* dezer Kolonie.

Den 14den Junij werd gepubliceerd , dat het *Oudste Lid van' den Kolonialen Raad* C. BARENDS het tijdelijk Bestuur dezer Kolonie op zich heeft genomen.

Op den 18den Junij arriveerde alhier het schip *Cortgene* , Kapt. SCOTT , aan boord hebbende, Z. E. JONKH. J. G. O. S. VON SCHMIDT AUF ALTENSTADT , benoemd Gouverneur van *Suriname.*

Op den 22sten Junij gaf het *Oudste Lid van den Kolonialen Raad* C. BARENDS , het Bestuur over aan Z. Exc. den Heer JONKH. J. G. O. S. VON SCHMIDT AUF ALTENSTADT.

Op den 13den September werd door den Kommandant van den Post *Brandwacht* aan de *Motkreek*, alhier opgezonden *twaalf* Franschen, zijnde staatsgevangenen , ontvlugt uit *Cayenne.*

Den 28 November vierde de *Maatschappij van Weldadigheid* in het Kerkgebouw der *Hervormde Christelijke Gemeente* , plegtig haar *vijf-en-twintig jarig* bestaan.